Disney présente

Au pays du ROI LION

Loi n° 49 956 du 16 07 1949 sur
les publications destinées à la jeunesse
ISSN : 0154.7224
ISBN collection : 2 245 00525-2
ISBN ouvrage : 2-245-00510-4
Dépôt légal : MARS 1996
IMPRIMÉ EN ITALIE PAR LA GEP, CRÉMONE

Disney
LE LIVRE DE PARIS HACHETTE

Regarde qui se repose au bord de la rivière… C'est Simba, le lionceau, avec ses amis Timon, le suricate, et Pumbaa, le phacochère. Ils digèrent tranquillement un copieux repas de vers, de larves et d'insectes délicieux.

Simba observe les nuages au-dessus de sa tête. Il admire leurs formes étonnantes et s'interroge sur leur signification.

« Les nuages qui parcourent le ciel ont sûrement quelque chose à nous dire, se dit Simba en se grattant la tête. Si seulement je savais lire les messages qu'ils nous envoient ! »

Maintes fois il a interrogé Timon et Pumbaa… mais sans succès !

Simba a encore les yeux levés vers le ciel lorsque Timon l'interpelle :

« Ne perds pas ton temps à regarder les nuages ! Fais comme nous… Amuse-toi à ne rien faire, ou bien joue à… à dormir, par exemple ! »

« Je crois qu'il est important d'apprendre le langage des nuages, même si je ne sais pas pourquoi », répond Simba.

Pumbaa suggère : « Peut-être est-ce pour apprendre à prévoir le temps ? »

En entendant ces mots, Timon bondit sur ses pattes et éclate de rire : « Ha, ha ! Connaître le temps ! C'est la plus grande bêtise que j'aie jamais entendue ! » s'esclaffe-t-il.

« C’est très facile de connaître le temps, continue-t-il. Inutile de regarder les nuages pour cela. Quand on voit le soleil, c’est qu’il fait beau. Pour savoir s’il pleut, il suffit de tendre la main. Si elle est mouillée, c’est qu’il pleut. Hi, hi ! »

Le discours de Timon n’intéresse guère Pumbaa qui décide d’aller se baigner.

Simba soupire… Qui donc l’aidera à lire dans les nuages ?

Timon continue sa démonstration, la main tendue : « Tu vois, ma main est sèche, parce qu'il ne pleut pas ! »

« Tu as raison », admet Simba en regardant autour de lui.

Pumbaa, debout sur un tronc d'arbre, saute soudain dans la rivière. Splatch ! D'énormes gerbes d'eau jaillissent, éclaboussant Timon.

« Tu as la main mouillée maintenant, Timon ! dit Pumbaa en pataugeant. Cela signifie-t-il qu'il pleut ? » Il émet un rire sonore qui secoue son gros ventre et fait naître de nouvelles vagues. Simba rit de bon cœur lui aussi, mais Timon ne trouve pas cela drôle du tout !

« Vous vous croyez malins ! ronchonne-t-il. Pourtant, j'ai raison, quand ma main est mouillée, c'est qu'il pleut ! »

« Alors il devrait pleuvoir ! » rétorque Pumbaa, riant de plus belle.

« Très drôle assurément… » Timon enrage !

Simba et Pumbaa vont faire la sieste dans un petit coin tranquille.

« J'aimerais tant lire dans les nuages, répète Simba. Bah ! Pour l'instant, le soleil brille et il fait trop chaud… », et il s'endort.

Timon, toujours un peu vexé de sa douche forcée, s'ébroue et rejoint ses amis pour la sieste.

La girafe Zarafa, leur amie, arrive un peu plus tard. « Coucou, réveillez-vous, dit-elle. Venez jouer avec moi ! »

« D'accord, on arrive, répond Pumbaa. Après on mangera et on se reposera encore un peu. »

Les quatre amis s'amusent bientôt comme des petits fous. « Maman attend un bébé, et moi, j'aurai bientôt un petit frère ou une petite sœur », leur confie Zarafa.

« Formidable ! Cela fera un toboggan de plus ! » s'exclame Timon.

Ils sont tellement occupés à jouer qu'ils ne voient pas les gros nuages noirs qui s'amoncellent au-dessus de leurs têtes.

Tout à coup, le ciel s'assombrit et devient très noir. Un énorme coup de tonnerre secoue les grands arbres de la forêt, un éclair aveuglant zèbre le ciel et frappe un arbre, des trombes d'eau se déversent sur la région.

« Euh… Je crois bien qu'il pleut », déclare Timon.

« Allons vite nous mettre à l'abri ! » hurle Simba.

Nos quatre amis
se réfugient sous un arbre…
mais la pluie dense traverse
le feuillage ! Soudain,
Simba remarque que l’eau
de la rivière est en train
de monter…
Pas une minute à perdre,
il faut s’enfuir au plus tôt !

« La rivière déborde, c’est l’inondation, crient-ils à tous

les animaux qu'ils rencontrent. Montez sur les collines ! »

Brusquement,
Zarafa s'arrête.
« Maman a
peut-être
besoin de moi,
s'écrie-t-elle.
Je ne peux pas la
laisser toute seule ! »
« Tu as raison, répond
Simba, courons
la chercher. »
À présent, le vent souffle
en violentes rafales. On dirait
qu'il veut arracher leur fourrure
aux animaux et aplatir les arbres sur le sol…
Déjà, quelques-uns sont tombés par terre, déracinés !

« Où est ta mère ? » rugit Simba, dominant les hurlements du vent.

« La dernière fois que je l'ai vue, répond Zarafa, elle broutait les feuilles d'un arbre au bord de la rivière ! »

« Dépêchons-nous, il n'y a pas une seconde à perdre », lui crie Simba.

Ils croisent un gros hippopotame qui s'arrête auprès de Zarafa, hors d'haleine.

« Ta mère est là-bas, souffle-t-il en montrant la direction de sa tête, sur une petite île cernée par les eaux. On ne peut rien pour elle, c'est trop dangereux ! »

« Vite, suivez-moi », dit Simba. Bientôt, ils aperçoivent la girafe au milieu de la rivière. « Maman ! » hurle Zarafa aussi fort qu'elle le peut.

Elle se tourne vers ses amis : « Que pouvons-nous faire ? »

Simba est furieux. Si seulement il avait pu lire cela dans les nuages, il aurait pu alerter les animaux. Et la mère de Zarafa ne serait pas en danger !

Mais ce n'est plus le moment de penser aux nuages. Il faut sauver la maman de Zarafa. Simba a une idée.

« Fabriquons un radeau », dit-t-il à ses amis.

Aussitôt dit,
aussitôt fait...
Ils se mettent
tous au travail.

Tant bien que mal, en unissant leurs forces, ils assemblent des morceaux de bois. Enfin, le voici terminé !

« Mettons notre radeau à l'eau, crie Simba. Suis-moi, Zarafa, nous devons atteindre l'île. »

Le radeau est bientôt au milieu de la rivière, fétu de bois ballotté par les eaux tumultueuses. Les deux amis s'y accrochent fermement.

Le radeau s'approche de l'île.

« Oh ! non ! gémit Zarafa. Nous allons passer devant l'île sans la toucher ! Maman ! »

« Il ne reste qu'une solution », répond Simba en attrapant une liane entre ses dents… Et il prend son élan pour bondir sur l'île.

SPLATCH ! Seules, les pattes avant de Simba ont touché terre et il lutte courageusement contre le courant qui l'entraîne. Mais l'eau alourdit de plus en plus son épaisse fourrure. Les flots vont l'emporter, lorsque la mère de Zarafa allonge le cou et attrape la liane, pour hisser Simba sur l'île.

Simba tient toujours la liane dans sa gueule. Il réussit ainsi à tirer le radeau jusqu'à l'île.

Zarafa est heureuse et soulagée de retrouver sa mère.

« Comme j'ai eu peur, Maman, dit-elle. Dépêche-toi de monter sur le radeau ! »

Mais Simba s'inquiète : « Comment allons-nous regagner la rive à présent ? »

En effet, la traversée est périlleuse. Par chance, le courant fait dériver le radeau vers la côte où Timon et Pumbaa attendent anxieusement leurs amis.

La maman girafe descend du radeau et déclare en souriant : « Zarafa, je crois que ton petit frère ou ta petite sœur va bientôt naître. »

« Venez vous mettre à l'abri dans les grottes de la colline où nous allons jouer, parfois », souffle Timon.

Simba regarde par-dessus son épaule et aperçoit une trouée bleue dans les nuages. « La pluie va bientôt cesser », dit-il. Et il réalise brusquement qu'il vient de lire dans les nuages !

La nouvelle du sauvetage de la mère de Zarafa s'est répandue comme une traînée de poudre. Tous les animaux accourent vers la grotte où le bébé girafe se prépare à naître, et ils félicitent Simba pour son courage.

Zarafa, Timon et Pumbaa ne comprennent pas pourquoi Simba est aussi triste. Il ose à peine regarder ses amis, tant il a honte de lui.

« Oh ! Ne me félicitez pas, dit-il. Si j'avais su lire dans les nuages, j'aurais pu prévoir l'orage et l'inondation. Et jamais la maman de Zarafa n'aurait été en danger ! »

« Mais, Simba, c’est grâce à toi que maman a été sauvée, lui rappelle Zarafa. Sans toi, je ne sais pas ce qu’elle serait devenue ! Tu as beaucoup de courage, tu seras un grand lion plus tard. »

Juste à ce moment, des cris de joie retentissent parmi les animaux assemblés devant la grotte.

Les quatre amis viennent aux nouvelles. La mère de Zarafa lèche avec vigueur et tendresse un petit girafeau.

Elle annonce à Zarafa : « Tu as une petite sœur ! »

« Formidable ! dit Zarafa. Est-ce qu'elle peut venir jouer ?

« Non, pas aujourd'hui », répond sa maman en souriant.
« Elle est encore trop petite et elle ne sait pas marcher. »

Puis elle se tourne vers Simba : « Tu es brave, Simba. Tu nous as sauvé la vie. Je te remercie de tout mon cœur ! »

Laissant la maman girafe
et son petit prendre un repos
bien mérité, les quatre amis
s'éloignent pour reprendre leurs jeux.

Mais Simba regarde attentivement le ciel.

« Allons, Simba, viens jouer avec nous »,
supplie Zarafa.

« Il y a un temps pour jouer, et un temps pour apprendre,
répond Simba. Je dois apprendre à lire les nuages. »

« Que veux-tu lire ? Le vent a chassé les nuages et le soleil est revenu ! » lui dit Timon.

Simba regarde à nouveau le ciel et constate que Timon a raison.

Pumbaa, qui a chaud, propose alors un petit bain. Il monte sur un tronc d'arbre et saute dans la rivière, provoquant une énorme gerbe d'eau, qui retombe droit... sur le malheureux Timon !

« On dirait qu'il va pleuvoir, Timon », déclare Simba. Zarafa, Simba et Pumbaa éclatent de rire.

Timon, vexé, commence par se fâcher. Puis, il se laisse à son tour gagner par la gaîté de ses amis.

« Je suis sûr qu'un jour, tu sauras lire dans les nuages, Simba » dit-il au lionceau, avec un large sourire qui se transforme très vite… en un grand éclat de rire !